Contos para meninas e meninos de 4 anos

Dados Internacionais de Catalogação na Publicação (CIP)
(Câmara Brasileira do Livro, SP, Brasil)

Contos para meninas e meninos de 3 anos / Susaeta ; [ilustração Pilar Campos ; tradução Maria Luisa de Abreu Lima Paz e Mônica Krausz]. -- 1. ed. -- Barueri : Girassol Brasil, 2017.

Título original: Cuentos para niñas y niños de 4 años
ISBN: 978-85-394-2131-2

1. Contos - Literatura infantojuvenil I. Susaeta. II. Campos, Pilar.

17-05249   CDD-028.5

Índices para catálogo sistemático:
1. Contos : Literatura infantil 028.5
2. Contos : Literatura infantojuvenil 028.5

© Susaeta Ediciones, SA

Girassol Brasil Edições Eireli
Al. Madeira, 162 – 17º andar – Sala 1702
Alphaville – Barueri – SP
06454-010

Diretora editorial: Karine Gonçalves Pansa
Coordenadora editorial: Carolina Cespedes
Assistente editorial: Carla Sacrato
Tradução: Maria Luisa de Abreu Lima Paz e Mônica Krausz
Edição: Monica Alves
Ilustrações: Pilar Campos
Diagramação: Deborah Takaishi

Impresso na China

Contos para meninas e meninos de 4 anos

Apresentação

Este livro contém contos para meninas e meninos a partir de 4 anos, com personagens humanos e animais, muitas aventuras e sempre embalados por muita ternura e esperança. São histórias para entreter e desfrutar a leitura e suas belas ilustrações.

Sumário

A Bela Adormecida 12
Irmãos Grimm

O Rato do Campo e o Rato da Cidade 32
Esopo

O Urso, a Macaca e o Porco 44
Tomás de Iriarte

A Roupa Nova do Imperador 54
Hans Christian Andersen

O Gato de Botas 66
Charles Perrault

A Perua e a Formiga 80
Félix María de Samaniego

A Raposa e o Corvo 90
Esopo

O Patinho Feio 98
Hans Christian Andersen

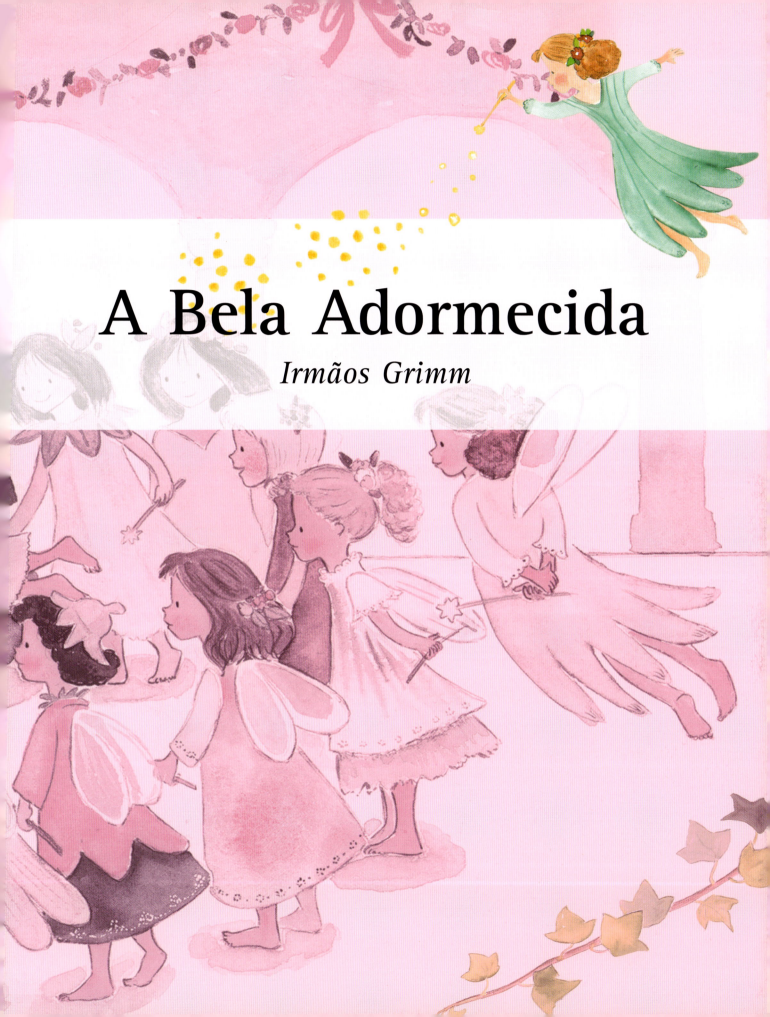

A Bela Adormecida

Irmãos Grimm

A Bela Adormecida

Há muito, muito tempo, existia um belo país governado por reis muito queridos por seu povo. Porém, eles não eram completamente felizes. A qualquer hora do dia, podia-se ouvi-los suspirar:

– Que felicidade seria se tivéssemos um filho!

Em uma manhã quando a rainha estava no banho, um sapo pulou da água e disse:

– Em breve seu desejo será cumprido. Antes que acabe o ano, você terá um filho.

15

Passados alguns meses, nasceu uma menina tão linda que os reis se sentiram os pais mais felizes do mundo.

Em homenagem à recém-nascida, deram uma festa esplêndida para a qual convidaram todo mundo, até mesmo as treze fadas do reino.

Bom, não as treze, porque não tinham mais que doze pratos de ouro e preferiram que uma delas ficasse em casa.

Quando a festa já chegava ao fim, as fadas se apresentaram diante da menina para oferecer a ela seus dons. Uma lhe concedeu a inteligência; outra, a beleza; a terceira, a bondade... E assim foram desfilando uma a uma, até que chegou a vez da última.

Mas, quando ela ia falar, apareceu a fada que não tinha sido convidada e pronunciou estas palavras:

– Você terá tudo o que minhas irmãs lhe concederam, mas, por não terem me convidado para a festa, aos quinze anos você espetará o dedo em uma agulha e morrerá.

Contos para meninas e meninos
4 anos

Como os reis ficaram muito assustados, a fada que ainda não havia falado se aproximou da menina e disse:

– Embora não me seja permitido desfazer esse feitiço, posso reduzir seu efeito. A princesa não morrerá, mas dormirá durante cem anos e acordará.

Nem é preciso dizer que, no dia seguinte, o rei mandou destruir todas as agulhas que houvesse no reino.

O tempo passou e a menina, que recebeu os dons prometidos pelas fadas, era querida e admirada por todos.

Quando chegou o dia em que ela completava quinze anos, ninguém se lembrava mais da maldição da fada.

Assim, os reis saíram para fazer compras, enquanto os criados preparavam a festa. A princesa se alegrou muito de que seus pais não estivessem em casa porque, desse modo, poderia bisbilhotar pelos quartos secretos do palácio.

A primeira coisa que ela fez foi subir à torre, lugar em que havia sido proibida de ir.

Em um dos quartos, encontrou uma velhinha que fiava com uma roca, uma antiga máquina de fiar. Depois dos cumprimentos, perguntou:

O que a senhora está fazendo?
– Estou fiando. Quer que eu lhe ensine?
– Não há nada que eu queira mais! – respondeu a princesa que, imediatamente, se pôs a fiar, cumprindo assim a terrível maldição, ao se espetar com a agulha.

A princesa adormeceu e, no mesmo instante, todos os habitantes do reino caíram num sono muito profundo.

Contos para meninas e meninos

4 anos

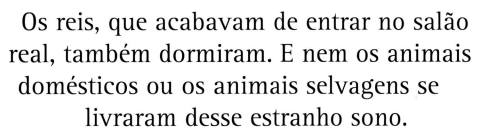

Os reis, que acabavam de entrar no salão real, também dormiram. E nem os animais domésticos ou os animais selvagens se livraram desse estranho sono.

Também os empregados do palácio foram pegos pelo sono em meio as atividades que faziam naquele momento. Até os soldados dormiram em pé!

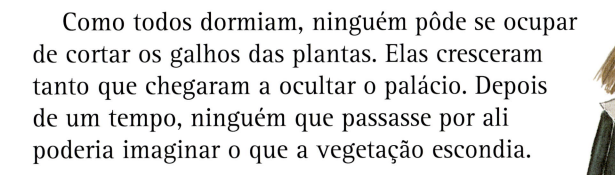

Como todos dormiam, ninguém pôde se ocupar de cortar os galhos das plantas. Elas cresceram tanto que chegaram a ocultar o palácio. Depois de um tempo, ninguém que passasse por ali poderia imaginar o que a vegetação escondia.

23

Um belo dia, precisamente quando se cumpriam os cem anos do encanto, um jovem príncipe se aproximou daquele lugar lendário.

Eram tantas as histórias que ele tinha ouvido sobre a Bela Adormecida que, guiado pela curiosidade, decidiu entrar naquele lugar misterioso.

A golpes de espada, ele foi cortando os galhos que impediam a passagem.

Com muito esforço, o rapaz chegou ao palácio. Os guardas da entrada pareciam estátuas.

Atravessou o imenso pátio de mármore e chegou ao salão real. Ali encontrou um grupo de damas e cavalheiros, que haviam sido surpreendidos pelo sono conversando com os reis.
Continuou por salas, corredores e galerias, descobrindo sempre o mesmo espetáculo: soldados, damas e criados dormindo um sono profundo.

Contos para meninas e meninos

Depois de hesitar por alguns instantes, subiu velozmente as escadas que conduziam à torre e abriu a porta. Junto à roca de fiar, uma formosíssima jovem dormia tranquilamente.

– É ela, sem dúvida é ela! Meus olhos jamais viram tanta beleza!

O príncipe se aproximou da jovem, pegou sua mão e a beijou. Imediatamente, a princesa abriu os olhos e sorriu para ele:

– Quem é você? Como é possível que tenha me encontrado se ninguém sabia onde eu estava? Como me reconheceu?

Sem perder um segundo, o príncipe se ajoelhou diante dela e contou quem era e como havia chegado até ali. Quando terminou de falar, a princesa se levantou e o príncipe a acompanhou até encontrar os reis.

Quando chegaram ao último degrau das escadas, todos os habitantes do reino e do palácio já haviam acordado do sono.
A princesa entrou no salão real e correu para abraçar seus pais. Com infinita alegria, os soberanos abraçaram a filha.
Graças àquele príncipe, os reis e sua filha voltaram a ser uma família feliz. A boa gente daquele reino pôde comprovar a felicidade de seus soberanos quando assistiu ao casamento da Bela Adormecida com seu príncipe salvador.

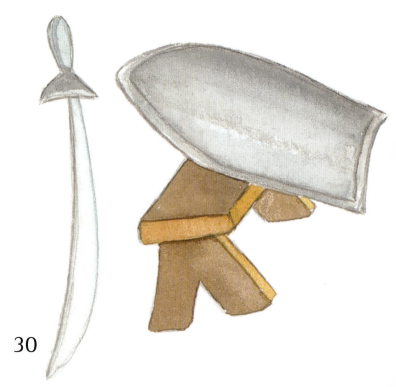

Contos para meninas e meninos **4** anos

O Rato do Campo e o Rato da Cidade

Esopo

O Rato do Campo e o Rato da Cidade

Esta é a história de dois ratos. Um vivia na cidade e o outro no campo. Como eram muito amigos, decidiram passar alguns dias juntos.

– Venha na primavera – disse o rato do campo ao amigo da cidade. – Nessa época do ano, faz tempo bom e o campo fica lindo. Certamente passaremos muito bem.

– Que grande ideia! – respondeu o amigo. – Em setembro estarei aí. Tenho umas coisas para resolver antes da viagem.

Quando a primavera chegou, o rato da cidade foi visitar o amigo no campo. Mas desde o momento em que colocou os pés por lá, não parou de reclamar um instante sequer:

– Que lugar incômodo! Aqui é bem frio, não? Sem falar na umidade!

E como não estava gostando muito do campo, dois dias depois resolveu fazer as malas e voltar para casa.

O amigo então perguntou:

– O que aconteceu? Você não gostou daqui? A primavera deste ano está muito chuvosa e é por isso que tudo está tão verde. Dá gosto de respirar.

O rato da cidade pensou em tudo o que estava perdendo por estar ali e disse:

– Você leva uma vida chata como a das formigas e a das toupeiras. De tanto comer raízes e ervas, está se esquecendo de sabores deliciosos como o do salmão, do presunto e o do queijo.

– Está bem. Concordo com você. Daqui a alguns meses vou visitá-lo na cidade.

– Tenho certeza de que lá você vai poder aproveitar a vida. Bem, amigo, me dê um abraço. Adeus e até à vista!

– Até logo!

Os dias foram passando e, quando o outono chegou, o rato do campo foi visitar o da cidade como havia prometido. O pobrezinho ficou de boca aberta quando viu como era luxuosa a casa do amigo.

Quando o rato da cidade mostrou a despensa, o amigo exclamou:

– Isso é que é vida e não a que eu levo! Como cheira a queijo! O que dizer desses figos secos então? – E seguiu admirando as coisas que encontrava, enquanto sua boca se enchia de água. – Que cara deliciosa têm esse presunto e esse queijo.

– É tudo seu. Pode comer o que quiser à vontade – respondeu o outro rato.

E, dizendo isso, saiu da despensa. O rato do campo, então, começou a devorar tudo o que via. Levava um pedaço de queijo à boca quando viu alguém abrir a porta da despensa.

Muito assustado, deu um salto e se escondeu em um buraco. E lá ficou por um bom tempo. Só saiu quando tudo ficou em silêncio novamente. Foi então que viu uns biscoitos de chocolate.

– Estes biscoitos devem estar deliciosos! – exclamou.

Correu até o pacote e rasgou o papel com as unhas para pegar os biscoitos. Estava quase fincando os dentes em um deles, quando ouviu passos e viu uma mulher entrando na despensa. Rapidamente se escondeu atrás da caixa de biscoitos.

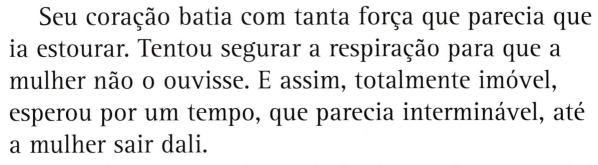

Seu coração batia com tanta força que parecia que ia estourar. Tentou segurar a respiração para que a mulher não o ouvisse. E assim, totalmente imóvel, esperou por um tempo, que parecia interminável, até a mulher sair dali.

Mas, desta vez, embora ainda tivesse fome, o ratinho não conseguiu provar mais nada.

Não conseguia parar de tremer, terrivelmente assustado, pensando que aquela mulher poderia voltar e o descobriria.

Quando o amigo veio vê-lo na despensa, o rato do campo disse:

– Não aguento mais! A vida na cidade não foi feita para mim, de verdade.

– O que aconteceu? Por que está tremendo? – perguntou o amigo, muito preocupado.

– Pois veja, embora a despensa esteja cheia de coisas deliciosas, estou morrendo de fome.

– Como pode ser isto? – estranhou o rato da cidade.

– Cada vez que tento comer alguma coisa, entra alguém – respondeu o rato do campo.

E anunciou:

– Meu amigo, a cidade não é para mim. Sinto muito, mas amanhã, pela manhã, voltarei ao campo.

No dia seguinte, ele voltou para casa. E, no caminho, foi cantarolando esta canção:

Com pouco, se você for feliz,
terá alegria e contentamento,
e isto é melhor que viver com
riquezas, medo e tormento.

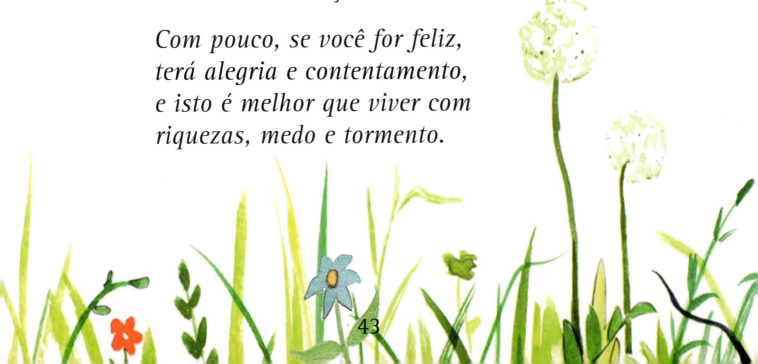

O Urso, a Macaca e o Porco

Tomás de Iriarte

O Urso, a Macaca e o Porco

Contos para meninas e meninos 4 anos

Antes do espetáculo, os animais do circo ensaiavam seu número. A macaca dava cambalhotas no ar, dançava sobre a corda bamba, andava de bicicleta... E fazia tudo muito bem. Seus companheiros não paravam de aplaudir. Ela, que andava um pouco farta da vida que levava, dizia sempre o mesmo:

– Quanta macaquice a gente tem que fazer para ganhar a vida!

47

– Não se queixe tanto. Nós também trabalhamos e não temos tanta sorte – respondeu o porco. – Alguns de nós, como eu, quando fazem as coisas bem, em vez de aplausos recebem vaias. Verdade seja dita, a única coisa que o porco fazia era dar uma de porcalhão enquanto tentava pintar uma cerca. Nisso consistia seu espetáculo. Se ele se sujasse bastante, as pessoas riam.

Mas ultimamente o porco havia decidido levar o trabalho a sério e pintava tão bem, que quase não se sujava. E, claro, as pessoas não riam e vaiavam.

– Se você continuar assim – diziam os amigos – o dono do circo irá despedi-lo.

– Mas o que eu faço de errado? – perguntava o pobre porco.

– Você faz certo demais! – respondiam seus companheiros. – Precisa se sujar mais, ficar cheio de tinta desde a cabeça até o rabo. Entendeu?

– Pois não entendo, não entendo e não entendo... – repetia mil vezes o pobre porco.

Para que pintasse mal, a única coisa que seus amigos podiam fazer era não deixarem que ensaiasse, para ver se assim esquecia de pintar como um pintor profissional.

Depois da discussão, foi a vez do urso peludo e desajeitado ensaiar. Ao compasso da corneta que a macaca tocava, o urso dançava na pista.

– Um, dois, cinco, sete – dizia o urso para marcar o ritmo.

Depois de algum tempo ouvindo tanta asneira, a macaca parou de tocar e disse:

– Estou vendo que, para você, tanto faz oito ou oitenta... Você também está com problemas, não acha? Se aprendesse a contar, talvez aprendesse a dançar...

– Pois eu acho – respondeu o urso – que danço muito bem. Desde que emagreci, pareço mais elegante, mais gracioso, mais charmoso. Olhe bem para mim!

E o urso começou a dançar, desta vez sem música.

– Seu urso trapalhão, comilão, bobalhão, pesadão... – disparou a macaca.

– Desculpe, querida... – respondeu o porco. – Mas vai se engasgar se continuar falando tão depressa.

E o porco acrescentou:

– Pois, para mim, a dança do urso parece graciosa, formosa, maravilhosa, fabulosa e assombrosa!

Ao ouvir os elogios do porco, o urso começou a duvidar de que dançasse tão bem como pensava. Depois de algum tempo, e sem que ninguém o ouvisse, o urso disse bem baixinho:

– Quando a macaca me criticou, achei que não dançava tão mal assim, mas depois do que o porco disse, acho que minha dança deve estar bem ruim...

A Roupa Nova do Imperador

Hans Christian Andersen

A Roupa Nova do Imperador

Contos para meninas e meninos

Há muitos e muitos anos, existiu um país bastante rico, governado por um poderoso imperador. Ele tinha fama de ser justo e bom, mas tinha um defeito: era muito vaidoso. Como trocava de roupa a cada cinco minutos, passava horas no provador se olhando no espelho.

As festas imperiais estavam se aproximando e o soberano decidiu mandar fazer um traje que deixasse a todos deslumbrados.

Chamou os mais famosos alfaiates para escolher o tecido e o modelo. Porém, tudo o que lhe mostravam parecia comum e pouco original.

– Será possível que ninguém vai me oferecer aquilo de que necessito?

Um de seus muitos secretários se aproximou e pediu permissão para falar:

– Majestade, ontem estive no porto e soube que chegaram ao país dois famosos tecelões. Quem sabe eles possam confeccionar o que vossa majestade necessita?

O imperador ordenou que buscassem aqueles homens imediatamente e que os trouxessem ao palácio. Pouco tempo depois os dois estavam diante dele.

Depois de cumprimentos e reverências, o soberano, sem suspeitar de que na realidade eles não eram tecelões, disse aos dois:

– Sei que vocês são tecelões muito famosos. Por isso mesmo, desejo que façam para mim um traje magnífico, com o tecido mais extraordinário do mundo. Estão chegando as festas imperiais e quero ser o centro de todas as atenções, o mais bem vestido.

– Majestade, obrigado por confiar em nosso talento – disse um dos falsos tecelões. – Para tão excepcional ocasião, vamos confeccionar um tecido raro e extraordinário. Mas com uma condição: vossa alteza não poderá vê-lo antes que o traje esteja pronto.

– E o que tem esse tecido de tão extraordinário? – indagou o imperador.

– Senhor, teremos que utilizar fios de ouro e prata. E ainda tem mais. – Uma vez tecidos o ouro e a prata, o tecido será invisível para aqueles que ocupam cargos que não merecem e para os que são tontos. Por isso é um tecido tão especial – disse o outro falso tecelão.

O imperador, muito contente, pensou: "Que maravilha! Não só terei uma roupa sensacional, mas poderei saber que ministros e conselheiros não merecem os postos que ocupam".

Imediatamente ordenou que os tecelões instalassem sua oficina no palácio e lhes entregou muito dinheiro para comprar os fios de ouro e prata.

Os falsos tecelões fingiam trabalhar o dia inteiro. De vez em quando, gritavam aos quatro ventos:

– Estupendo! Magnífico! Genial!

Uma manhã, o imperador não aguentou mais esperar e encarregou seu primeiro-ministro de ir ver o tecido. O bom homem, por mais que olhasse, não via nada. Então se encheu de um medo terrível.

"Será que sou tonto?", pensou. "Estarei ocupando um cargo que não mereço? Pois se for isso, ninguém deve saber que sou incapaz de ver o tecido."

Foi por isso que o ministro exclamou:
– Que preciosidade! Que maravilha!
E, fingindo entusiasmo, correu para contar ao imperador sobre a excelente qualidade do tecido que não tinha sido capaz de ver.
Essa notícia aumentou a curiosidade do soberano que, dia após dia, enviava um homem de sua confiança para que lhe contasse como avançava o trabalho.

Todos voltavam com os mesmos elogios. Ninguém via nada, mas ninguém estava disposto a confessar.
Por fim, os tecelões anunciaram que o traje estava pronto.

Apresentaram-se com um cofre diante do imperador. Depois de abrirem, fingiram retirar um traje para exibir.
Todos os ministros exclamaram:
– Belíssimo! Maravilhoso! Inigualável!
O imperador não sabia que cara fazer porque, na verdade, era ele que não via nada.

Porém, entendeu que devia fingir que via para que ninguém desconfiasse que o tonto era ele e que não merecia ser imperador.

– Magnífico! – murmurou.

Os dois falsos tecelões disseram:

– Majestade, tenha a bondade de tirar sua roupa para que possamos vesti-lo com o novo traje.

E ele não teve outra saída a não ser ficar de cuecas. Os picaretas fingiam que o vestiam enquanto repetiam uma vez ou outra:

– Como lhe cai bem, majestade!

Quando acabaram de fazer todos os elogios, o imperador se colocou diante do espelho. Ele só conseguia ver suas cuecas. Apesar de tudo, fez sinal ao mestre de cerimônias para que abrisse o desfile.

Os pajens se aproximaram do soberano para fingir que ajeitavam a cauda do manto real. E assim, de cuecas, o imperador saiu do palácio. As pessoas que abarrotavam as ruas e as janelas das casas comentavam em voz alta:

– Que traje soberbo! Jamais se viu tecido igual. O imperador está muito elegante!

Mas no meio da multidão, havia uma mulher que levantou o filho nos braços para que o menino pudesse ver melhor. Então o pequeno gritou:

– O imperador está de cuecas!

Um burburinho correu entre as pessoas e, por fim, muitos se atreveram a dizer:

– O imperador está de cuecas!

Todos caíram na gargalhada e o imperador ficou vermelho de vergonha.

Por fim, depois de tamanha humilhação, o soberano aprendeu a lição e deixou a vaidade de lado.

O Gato de Botas

Charles Perrault

O Gato de Botas

Contos para meninas e meninos

Ao morrer, um pobre moendeiro deixou de herança para seus filhos um moinho, um burro e um gato. Ao mais velho, coube o moinho; ao segundo, o burro e; ao mais jovem, o gato.

– Meus irmãos poderão, juntos, trabalhar e ganhar a vida com o moinho e o burro. E eu... – lamentava o mais novo. – O que eu posso fazer com um gato? Vou morrer de fome

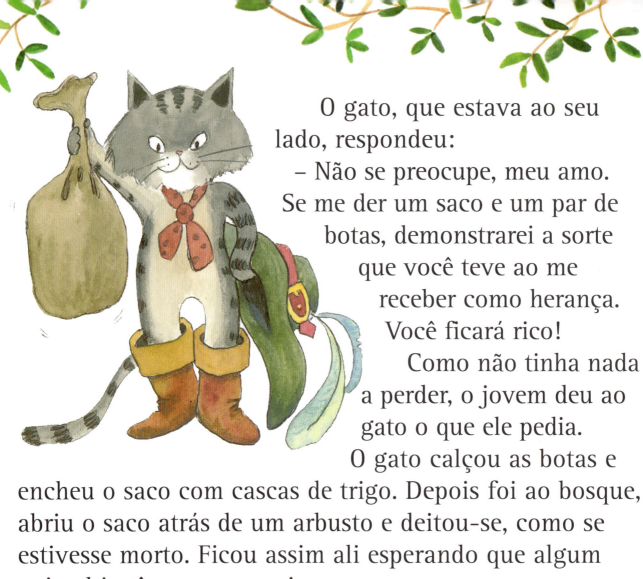

O gato, que estava ao seu lado, respondeu:

– Não se preocupe, meu amo. Se me der um saco e um par de botas, demonstrarei a sorte que você teve ao me receber como herança. Você ficará rico!

Como não tinha nada a perder, o jovem deu ao gato o que ele pedia.

O gato calçou as botas e encheu o saco com cascas de trigo. Depois foi ao bosque, abriu o saco atrás de um arbusto e deitou-se, como se estivesse morto. Ficou assim ali esperando que algum animal ingênuo se aproximasse para comer.

Poucos minutos depois, um coelho entrou no saco... e dali não voltou a sair.

Contente e satisfeito, o gato foi ao palácio e pediu para falar com o rei.

– Majestade, este Coelho que lhe entrego foi caçado para o senhor por meu amo, o marquês de Carabás.

O gato, que acabava de inventar esse título nobre para o filho do moendeiro, esperou a resposta do rei:

– Diga ao seu senhor que agradeço muito o presente.

Durante os três meses seguintes, não houve dia em que o gato não levasse ao rei uma perdiz ou um coelho da parte de seu amo, o marquês de Carabás.

O gato ia tanto ao palácio que, uma manhã, se informou de que o rei e sua filha sairiam àquela tarde para passear pela margem do rio.

Assim, sem perder tempo, o gato disse a seu amo:

– Se você me escutar e seguir meus conselhos, em breve será um homem rico.

O filho mais novo do moendeiro seguiu as indicações do gato: mergulhou na água de um lago e começou a nadar. Na mesma hora, o gato começou a gritar com todas as suas forças:

– Socorro, Socorro! Meu amo, o marquês de Carabás, está se afogando!

Pouco depois, passou por ali a carruagem real. Ao ouvir o nome do marquês de Carabás, o rei mandou seus guardas socorrerem o rapaz. Enquanto tiravam o jovem da água, o gato se aproximou da carruagem:

– Majestade, hoje é um dia terrível para o meu amo. Faz apenas alguns minutos, um ladrão roubou sua roupa.

Ao ouvir isso, o rei ordenou a um criado que fosse ao palácio e trouxesse um bom traje para o marquês de Carabás.

Vestido luxuosamente, o filho do moendeiro parecia um verdadeiro marquês. O jovem se aproximou da carruagem e agradeceu a gentileza do rei. Imediatamente a filha do rei apaixonou-se pelo rapaz tão bonito e educado que era.

O rei convidou o marquês para juntar-se a ele no passeio. E, é claro, o jovem aceitou. O gato, satisfeito, se despediu deles e saiu correndo.

Ao passar por um campo, o gato se aproximou dos camponeses e gritou:

– Ei, boa gente! Se não disserem ao rei que este campo pertence ao marquês de Carabás, vocês vão virar picadinho!

Quando o rei passou por ali, ordenou que a carruagem parasse e perguntou aos lavradores:

– Poderiam me dizer de quem é este lindo campo?
Os camponeses, todos de uma vez, responderam:
– Estas terras são propriedade do marquês de Carabás!
O rei, então olhou com muita simpatia para o marquês.

Ao longo do caminho, o gato foi ameaçando todos os camponeses que encontrava. Todos obedeceram.

Chegou então ao castelo de um ogro, que era na realidade o dono e senhor de todas as terras que o rei acreditava serem do marquês de Carabás.

– Garantiram para mim que você tem o poder de se transformar em qualquer animal, até mesmo em alguns tão grandes quanto um leão ou um elefante. Isso tudo me parece exagerado e não sei se devo acreditar.

– É isso mesmo – respondeu o ogro. – E para que veja com seus próprios olhos, me transformarei em um leão.

O gato se assustou tanto ao ver o leão que subiu no telhado. Quando o ogro recuperou seu aspecto habitual, o gato desceu e exclamou:

– Que medo eu passei! – e continuou falando.

– Também me disseram que você é capaz de se transformer em animais tão pequenos quanto uma ratazana ou um rato. Isso, na verdade, me parece absolutamente impossível.

– Impossível? – gritou o ogro muito bravo.

– Pois agora você vai ver!

E então se transformou em um ratinho. Quando o gato o viu correr pelo chão, não pensou duas vezes: lançou-se sobre ele e o devorou.

Pouco depois, o gato ouviu que a carruagem real se aproximava. Com toda a pressa, saiu ao encontro dela e disse ao rei:

— Majestade, seja bem-vindo ao castelo do marquês de Carabás.

— Este castelo também é seu? — perguntou o rei surpreso. — Nunca tinha visto nada igual.

Instantes depois o rei entrava no palácio; atrás dele vinham o marquês de Carabás e a princesa. Os três foram direto para a sala de jantar.

O rei estava encantado com o marquês. Assim como a princesa, que não tirava os olhos do jovem. Não demorou para que o rei percebesse que sua filha estava perdidamente apaixonada pelo marquês. Então, ao fim da refeição, pronunciou estas palavras:

– Senhor marquês de Carabás, para ser marido de minha filha, só depende de você querer.

E o filho do moendeiro, fazendo uma grande reverência, aceitou a honra que o rei lhe fazia.

Dias depois, o casamento foi celebrado no palácio real. Todos os nobres e personalidades importantes do reino foram convidados.

O gato se tornou Grão-Senhor e, a partir de então, só caçava ratos quando se entediava.

A Perua e a Formiga
Félix María de Samaniego

A Perua e a Formiga

Como fazia todas as manhãs, o pastor foi buscar as ovelhas. Retirou todo o rebanho e, sem perceber, deixou o curral aberto. Quando a perua viu, disse aos filhotes:

– Rápido, rápido, meus queridos! Hoje vamos passear no campo.

E lá se foram os peruzinhos atrás da mãe, felizes da vida. De vez em quando paravam para descansar e aproveitavam para ciscar na grama ou beber em alguma poça d'água. Depois voltavam a andar. Passinho por passinho, até que foram bem longe.

Já estavam perto do bosque, quando a perua mandou os filhos parem. Fazendo um sinal com a pata no chão, disse:

– Vejam, meu filhos queridos, isto é um formigueiro. Esses bichinhos pretos que andam em fila se chamam formigas e são um rico alimento para os perus. – E completou: – Comam, filhinhos, comam!

– Mas elas não param de andar – disse um dos peruzinhos.

– Não precisam ter medo. Eu também me alimento delas e estou forte e grande, vocês não acham? Prestem atenção como as apanho com o bico.

Nessa hora a perua se lembrou de coisas tristes:

– Como seríamos felizes se não houvesse cozinheiros no mundo! – disse ela.

– Por quê, mamãe? Eles são maus? – perguntou o mais novo.

– Sim, eles são muito maus... são terríveis, meu pequeno.

E a perua começou a se queixar:
– Os cozinheiros nos assam no forno, nos cozinham em panelas, nos fritam em frigideiras. Os seres humanos são uns assassinos! Em suas festas nunca falta um peru morto sobre a mesa.

Enquanto a perua se queixava, uma formiga conseguiu escapar e subiu numa árvore. Quando se sentiu segura, lá do alto disse para a perua:

– Quer dizer que você acha que os homens são cruéis, são assassinos.

– Sem dúvida alguma – respondeu a perua.

– Concordamos com você! – disse a formiga. – Mas, então, se os homens são cruéis com os perus, os perus não são cruéis com as formigas?

– De maneira alguma! – gritou a perua.

– Pois saiba que você e seus filhotes acabaram de comer a minha família – respondeu a formiga.

A perua ficou sem palavras. Enquanto isso, um verme se aproximou do formigueiro.

– Irmãs, saiam! – gritou a formiga. Temos aqui um verme carregando vários grãos.

Contos para meninas e meninos 4 anos

Imediatamente, um exército de formigas saiu do formigueiro e, em poucos instantes, lhe roubaram todos os grãos. Nessa hora, a perua disse à formiga:
– É estranho que você e eu vejamos os defeitos dos outros, mas não os nossos. Não se esqueça:

*Homens, perus e formigas,
temos a mesma opinião.
Os erros dos outros
são faltas horrendas,
mas os nossos
são apenas um passatempo.*

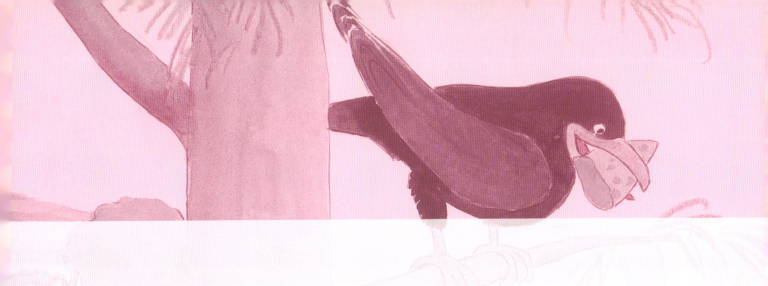

A Raposa e o Corvo

Esopo

A Raposa e o Corvo

Contos para meninas e meninos 4 anos

Em certa ocasião, um corvo entrou na cozinha de uma casa. Aproveitando que a dona estava na despensa, roubou um bom pedaço de queijo e foi voando para o bosque.

  Procurou um pinheiro solitário e pousou num galho. Estava prestes a desfrutar aquele banquete, quando... apareceu a raposa, atraída pelo delicioso aroma do queijo.

– Bom dia, senhor Corvo. Fico feliz em vê-lo!

O corvo mexeu as asas em sinal de cumprimento, mas não deu um pio. Não que fosse um pássaro mal--educado, mas se abrisse o bico ficaria sem o pedaço de queijo. A raposa, que era muito inteligente, percebeu isso e continuou:

– Você é o pássaro mais bonito deste bosque! Corpo esbelto, belo porte... Ninguém tem penas tão pretas e brilhantes! Certamente, você é um pássaro muito elegante! Ninguém bate as asas como você. Definitivamente, ninguém tem tanta graça e formosura quando voa pelo céu.

O corvo não podia acreditar no que estava ouvindo, e era normal que não acreditasse, porque estava acostumado a escutar palavras terríveis de todos os animais. Quando ele aparecia, costumavam dizer coisas do tipo:

– Saia da minha frente, seu bicho mais feio!

– Fique longe daqui. Onde você passa e pousa, traz má sorte...

– Fora! Você cheira a carniça!

Mesmo que o corvo duvidasse das palavras da raposa, a verdade é que estava adorando aqueles galanteios.

E como a raposa sabia disso, continuou dizendo coisas bonitas:

– Que asas, que cauda, que bico! Mesmo que seu bico seja escuro, como o resto do seu corpo, sem dúvida é um bico de ouro... Por mais que digam, nem o rouxinol, nem o canário, nem o pintassilgo cantam melhor que você! Eu prefiro o seu canto!

Ao ouvir estas palavras tão doces e afetuosas, o corvo começou a ficar convencido. Abriu a boca e, em vez de gorjeios, saíram de seu bico sons estridentes.

O queijo caiu no chão e, como vocês podem imaginar, a raposa engoliu-o na mesma hora.

Depois, lambendo os beiços, a raposa disse ao corvo:

– Mas você é mesmo muito tonto! Por causa de alguns elogios e um ou outro galanteio, perdeu sua comida. Ainda bem que precisa de muito pouco para encher sua barriga...

A raposa deu meia-volta e a última coisa que o corvo ouviu de sua boca foi esta lição:

*Por alguns elogios
não se deixe seduzir,
pois, algo de você
Querem conseguir.*

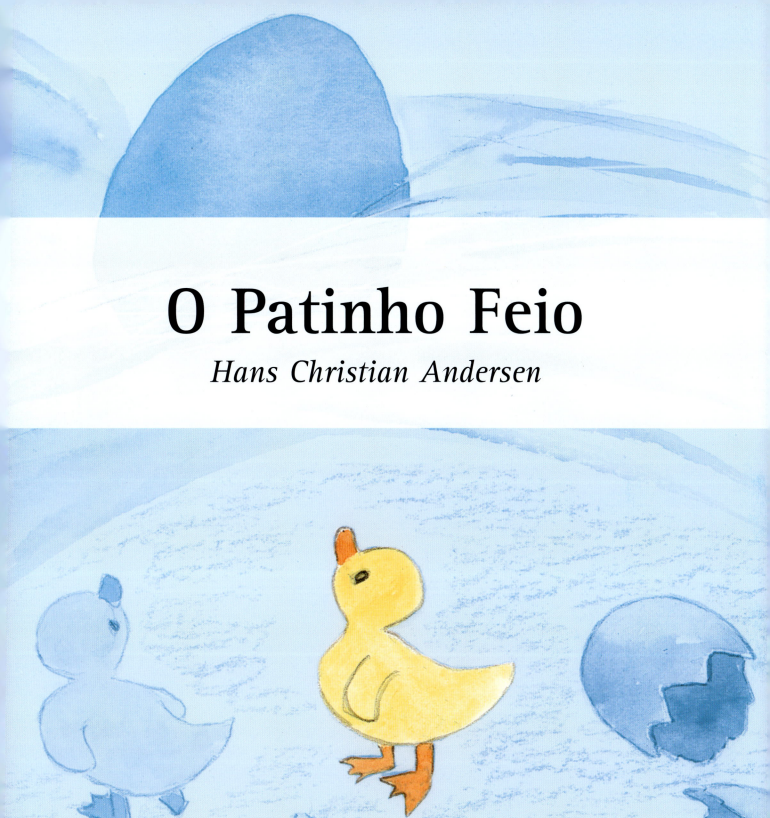

O Patinho Feio

Hans Christian Andersen

O Patinho Feio

Era verão e o campo estava lindo com os trigais amarelinhos, os prados verdes e o céu azul.
Perto do bosque havia uma granja e lá estava dona pata, chocando seus ovos. Ela estava aborrecida porque os patinhos estavam demorando para sair dos ovos e ninguém vinha visitá-la.

De repente, viu uma das cascas trincando.
– Finalmente vão sair dos ovos!
– Piu, piu, piu! – disseram os patinhos ao sair.
– Quá, quá, quá! – respondeu-lhes mamãe pata, animando-os para que corressem sobre a grama.
– Como o mundo é grande! – disse um dos patinhos, que estava muito contente ao ver que agora tinha mais espaço do que dentro do ovo.
– Filho, isso é só a granja.
Mamãe pata se levantou e descobriu um ovo grande no meio do ninho.
– Vejam, ainda resta um ovo! E como ele é grande e diferente!

Então, passou por ali uma velha pata que disse:

– Isso é ovo de peru! Sei disso porque choquei um. E me deu trabalho! Não havia jeito de ele entrar na água. Deixe-o aí e leve os patinhos para nadar.

– Para mim, dá no mesmo esperar um pouco mais – respondeu a pata. – Vou terminar de chocá-lo.

E a espera foi grande. Mas, finalmente, ele quebrou a casca do ovo.

– Piu, piu, piu!

Mamãe pata o olhou com estranhamento.

– Como você é grande! Não se parece nada com os outros patinhos! Será que você é um pato ou um peru? Quando formos para a água, eu vou descobrir.

E mamãe pata levou seus patinhos para nadar no riacho.

– Para a água, meus queridos! – disse a eles.

Todos se atiraram no riacho e nadaram perfeitamente, inclusive o patinho enorme e feio.

– Esse patinho também é meu filho! – gritou mamãe pata aos quatro ventos. – E não é tão feio quanto parece se o olharmos com carinho.

Mamãe pata foi guiando os patinhos pelo riacho, nadando à sua frente. Finalmente, saiu da água e esperou que os patinhos fizessem o mesmo.

– Agora vamos para o curral – disse a eles. – Quero apresentar vocês aos nossos vizinhos. Procurem ser educados e não saiam do meu lado.

No caminho, encontraram uns patos adolescentes que, ao ver a pata com seus patinhos, não pararam de dar risada:

– Só faltava essa! Que bichinho mais feio! Sai daqui, pintinho!

Não contente com isso, um daqueles patos se aproximou do patinho feio e deu-lhe uma bicada.

– Deixe-o, grandalhão! Você não tem vergonha? – gritou a pata.

A pata mais elegante da granja, que observava a cena atentamente, também opinou:

– A verdade é que você tem uns patinhos lindos, mas esse – disse apontando para o patinho feio – não parece um pato.

– Senhora, é verdade que o patinho é grande. Mas, se o observarmos com atenção, veremos que ele é gracioso. Estou certa de que, quando crescer, será o mais bonito de todos.

Naquela tarde, o pobre patinho teve que aguentar piadas, empurrões e bicadas. Até os pintinhos das galinhas zombavam dele.

Assim foi seu primeiro dia na granja. Mas, a partir daí, as coisas começaram ir de mal a pior. Até os irmãos lhe diziam:

– Peito largo, penas curtas! Penas curtas, peito largo.

Todos os habitantes da granja o maltratavam. Tanto sofria o pobre patinho que, um belo dia, resolveu ir embora.

    Triste e só, o patinho caminhou a tarde toda. Ao anoitecer, cansado e com fome, deitou-se na grama, junto à lagoa. De manhã, acordou com as vozes de dois patos selvagens:
    – Você já tinha visto um pato feio desses? – perguntou um deles.
    Os patos começaram a rir e saíram voando. Estariam rindo até agora se não fossem os disparos de uns caçadores, que acabaram com suas vidas.

O patinho, assustado, se escondeu no meio das plantas. Em pouco tempo, ouviu um latido às suas costas e se virou. Um cachorrão de aspecto feroz olhou para ele fixamente, fez cara de poucos amigos e foi embora.

"Sou tão feio que nem os cães se atrevem a me morder?" – perguntava-se o patinho, sentindo-se pior do que nunca.

Quando os caçadores se afastaram da lagoa, o patinho recomeçou sua caminhada. No meio da tarde, viu uma casa entre as árvores. Como a porta estava aberta, entrou, se ajeitou em um canto e acabou pegando no sono.

Ao amanhecer, foi descoberto por um gato e uma galinha, que viviam com a dona daquela casa.

– Você sabe arquear as costas e fazer ronrom? – quis saber o gato.

108

Contos para meninas e meninos

– Não – respondeu o patinho feio.
– Sabe botar ovos? – perguntou-lhe a galinha.

– Também não – ele respondeu.
– Pois se você não serve para nada, nossa dona não vai querer que você more aqui – disse a galinha.

O patinho, envergonhado por ser inútil, abaixou a cabeça e foi embora.

Quando o outono chegou, o pobre patinho continuava indo para lá e para cá. Com o inverno, veio a neve e o gelo. Um dia, quando o patinho feio nadava em uma lagoa, ficou preso entre pedaços de gelo. Morrendo de medo, começou a chorar.

Ainda bem que um camponês o viu e ficou com tanta pena dele que o tirou da água e o levou para casa. Ao vê-lo, sua mulher exclamou:

– Que lindo! Vou avisar as crianças que você trouxe um patinho para elas.

As crianças ficaram felizes e começaram a gritar e persegui-lo para brincar com ele.

Mas o patinho achava que eles queriam machucá-lo e começou a bater asas tentando escapar. Num desses voos, derrubou a jarra de leite. A mulher, muito brava, foi atrás dele com um pedaço de pau. Ainda bem que a porta de casa estava aberta. O patinho abriu as asas e não parou de voar até chegar ao bosque, onde se refugiou atrás de umas moitas.

E chegou a primavera. Uma tarde, o patinho foi até a lagoa de um parque e ficou muito surpreso.

– Que lugar bonito! Árvores e muitas flores!
Também havia cisnes. O patinho ficou bobo quando os viu e não conseguiu dizer uma palavra. Ficou tão impressionado com a beleza das aves que decidiu ir ao encontro delas.

Enquanto se aproximava, dizia a si mesmo:

"Tenho certeza de que vão me enxotar com bicadas, mas para mim tanto faz. Nada me impedirá de contemplar tanta beleza".

Contos para meninas e meninos

Já estava na metade do caminho quando, de repente, baixou a cabeça e viu a própria imagem refletida nas águas cristalinas.

– É incrível! Este aí sou eu?

O que o patinho viu na água foi um belíssimo corpo de cisne, esbelto e elegante. E esse cisne era... ele!

– Já não sou um patinho feio! Sou um cisne!

Contos para meninas e meninos

4 anos

Parou então de se olhar e voltou a nadar. Enquanto movia as patas, ia dizendo:

– Será que o cansaço, o frio e a fome estão me fazendo ver algo que não existe?

Foi então que olhou para umas crianças que gritavam da margem.

– Olha, olha! Tem um cisne novo ali e é o mais bonito de todos!

Estavam falando dele, sem dúvida. Assim que ele chegou mais perto, as crianças o acariciaram.

Pouco depois, os outros cisnes se aproximaram para saudá-lo.

O patinho feio finalmente se sentiu muito, muito feliz.

Entrou por uma porta e saiu pela outra...

Quem quiser que conte outra!